LYDIA DAHER

# WO WIR BLEIBEN

These poems
they are things that I do
in the dark
reaching for you
whoever you are
and
are you ready?

June Jordan

LYDIA
DAHER

GEDICHTE

# WO WIR BLEIBEN

Danke, Yasemin.
Berlin 11.2.25
L. Daher

AZUR

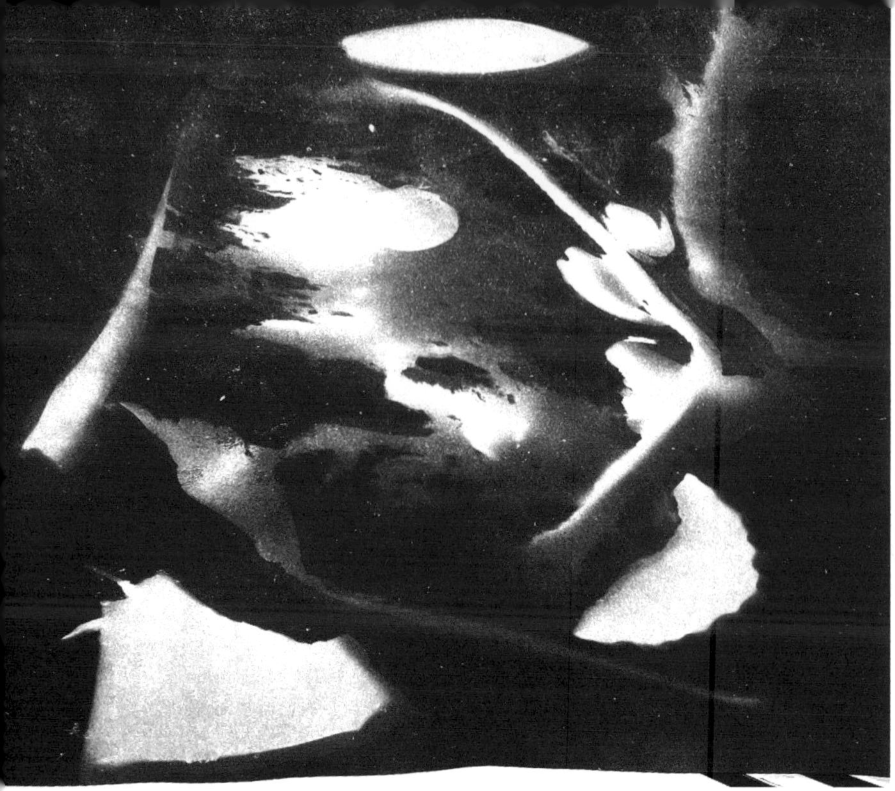

I

und ab jetzt bei Farnen sein

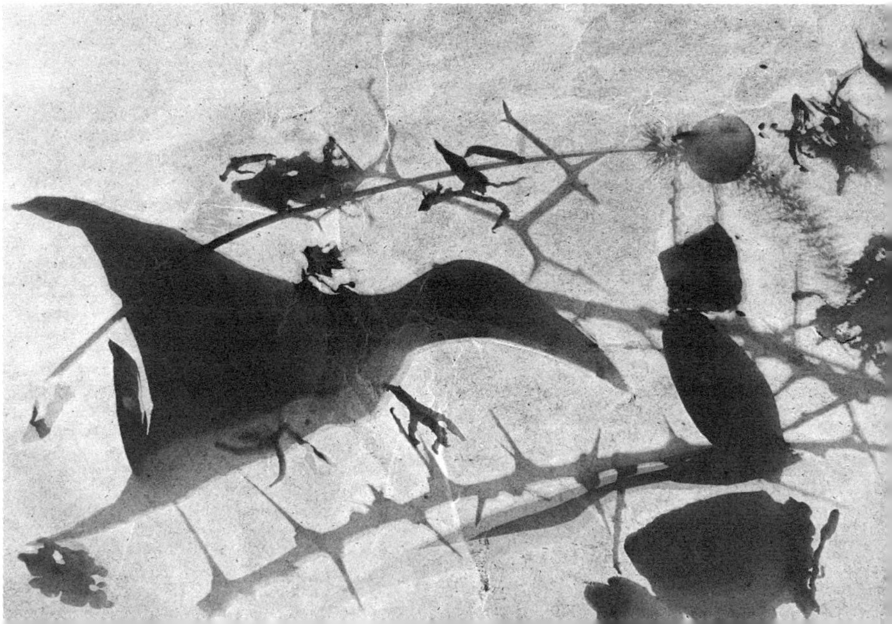

*Weißt du, was Nebel ist?*
*Ich weiß es. Ich sag es dir.*
*Der Nebel ist ein kleines Tier.*
*Es fliegt durch die Lüfte.*
*Es ist so klein, dass man eins allein*

*nicht sehen kann.*
*Man sieht es nur, wenn es viele sind.*

*Das ist Nebel, Mama,*
*so ist das.*

Lass uns nicht von vorn anfangen, sondern hier.
In diesem Stelzenhaus in Brandenburg, wo wir glauben können
ans Weiß der Wildkirschen, den Atem dieser Gegend,
die Spaten, die Heide, den Schorf und die kleinen Geschichten,
ausgetauscht zwischen Nachbarn.

Dazu Millionen von Mücken, Musik auf dem Wasser
und immer riechts nach feuchtem Gras und jeden Tag
zur gleichen Zeit gleitet das lange *Tuuuut* des Zugs
am Supermarkt vorbei und durch die Felder, rein ins Dorf,
in unsre Straße.

Von nun an keine Beschwerden.
Dafür die leuchtenden Bäuche der Barben und
das Bellen der Hunde am Abend, an dem wir früh essen.
Und das Kind liegt vor Glück matt im Bett.

Dann kommen Nacht und Schlaf, die uns dieselben
Bilder zeigen wieder und wieder: Tiere, die den Tag erwarten.
Kiefern und ihr Halt für alte Sterne, Distelwurzeln unter uns.
So duldsam in diesem Boden, der schon
anderswo geschrieben steht.

Szymborskas Wolken —
keine in Sicht.
Bloß ein paar Vögel,
bewegt durch
die Einwände des Lichts.

Sich nicht ergeben
den Steinen im Gleichschritt,
den tief gebückten Reihen
des Schilfs.

Das Reh,
wie es dastand,
starr, mit herausfallenden Augen,
und erst verschwand,
als wir es vergaßen.

Fast dauerhaft, beinahe
ewig schon: scheues Fliehen
in jede Richtung.
Beschwert mit Ideen von
Haus und Idylle.

Wer bin ich,
auf die windschiefe Wildkirsche schwörend,
die morsch, doch zart
helles Grün austreibt?

Werde ich eines Tages zurückblicken
auf die »schwere Zeit«, in der ich an die Blüte glaubte?

In der ich auch einfach hätte sagen können,
dass nichts zwingend unter den Gestirnen ist:
nicht die Entfernung der Knospe der Kirsche zum Mond,
nicht die Entfremdung der Worte im Mund.

In der ich hätte sagen können,
dass es ausreicht, einfach dazusitzen,
bis die Dunkelheit die Felder räumt.

Dunkelheit, die es im Grunde genommen nicht gibt,
nur abnehmendes Licht, das plötzlich
eine Schwelle unterschreitet,
spürbar wird.

Du aber sitzt im Schatten und haderst
mit den Versprechen der Bäume.
Harzkanal, denkst du,
wie schal ist der Geschmack der Blätter
im Mund des Insekts?

Wann wolltest du weinen
und wegen wem.
Wann hast du beschlossen
ans Ufer zu gehen, Steine zu horten,
um nicht länger leicht wie ein
Bienenflügel zu sein.

Ein Stückchen Birkenrinde fest in Händen
siehst du die Tiere erst fallen,
dann in einem Hügel verschwinden.

Eine Larve, die sich ins Schwarz schraubt.
Asseln, Ameisen mit roten, eingeschnürten Rücken.

Und nach einer Weile, in der es scheint,
als könntest du hinabsehen in alle fünf Horizonte des Bodens,
fragst du, ob sie jetzt tot sind, die Käfer.
Und was es heißt, tot zu sein.

Weil ich dafür keine Wörter hab,
schweig ich,
als wär ich unsterblich.

Du bist also schon nicht mehr da,
wo sich dein Blick mit Erde mischt,
noch kein Gedanke ist.

Deine aufgehobenen Brauen,
dein offenes Erstaunen
über die merkwürdigen Wege und Formen;
ich hab mir gewünscht,
vorerst käme nichts hinzu.

*Mama ist aus Regen.*
*Papa aus Metall.*

Als würde man unter Wasser
einen Stein anheben
und ihn langsam sinken sehen,

während man ganz plötzlich
nicht mehr atmet
und es erst nicht merkt
und dann nicht glauben kann.

In der Nacht weint keine Schwester,
doch das Hündchen hockt vor dir.

Leckt sich seine Pfoten ab,
hat ein weiches Plätzchen hier.

Wunderbar ist es zu leben,
Mutter, ohne Vater, Kind.

*Ich vermisse mein Zuhause,*
*obwohl ich zu Hause bin.*

Wunderbar ist es zu leben,
stell dir vor ein dunkles Feld,

auf dem wachsen schöne Blumen,
wenn sich Sonn hinzugesellt.

Schau, die Biene auf und nieder,
ihre Flügel klappern leis,

so fangen Geschichten an,
deren Fortgang du nicht weißt.

Wunderbar ist es zu leben,
meine Hand, dein warmes Nest.

Warst im Schlaf noch Schwalben nah,
wo ist dein Zuhause jetzt?

Gräbst das Loch,
als öffnetest du ein Tor.

Klingendes Gerät,
deine Stimme.

Willst in Erde
Singvögel pflanzen.

Und wieder läufst du los
mit deinem Eimer ans Ufer,
wo du Wasser holst für die Weiden.

Dich zu sehen in deinem Auftrag,
deinem unermüdlichen Ernst —
ehrlicher wird Arbeit nicht werden:

Eimer randvoll mit Wasser gefüllt
für zwei alte Silberweiden
an einem regnerischen Tag im März.

*Warte, Mama, gleich*
*wird was schön.*

Hebst den Arm.
Hältst mir eine Möhre ans Ohr.

*Hörst du die Erde,*
*hörst du ihr Summen?*

Ich versuche ein Lächeln.
Mein Gesicht wächst hinein.

Mit einem Schilfrohr als Angel
saßt du da, harrtest aus,
hofftest auf den großen Fang.
*Ein Rochen vielleicht,*
*vielleicht ein Hai?*

Dann der Satz, als den ich
diesen Tag erinnern werde:
*Das Wasser ist wasserweise.*

Bezeugt bloß von Weiden,
der üblichen Graugans,
dem bohrenden Klack-klack
des Kahns, der sich
den Kopf wund schlug am Steg.

Aus diesem Strauch
pflücktest du und aßt den letzten Sommer,
bis der Tag in Abend überging.
Brombeertag in Brombeerabend.

Blau leuchtender Mund,
blau leuchtend du überm Kipper,
fuhrst damit Nachbargärten ab,
ließt Beeren auf Wiesen rollen,
glücksrasend vor Verschwendung.

Dann der Schnitt am Zeigefinger,
die Begegnung mit dem Tropfen Blut.
*Die Blätter haben Zähne!*
und Tränen
fielen, fielen.

Das Taschentuch um deinen Finger,
diese Spuren des Körpers,
dunkelrot, fast blau ...

Ist Schmerz, der zu schwinden beginnt,
noch Schmerz?

*Meine Beine tun weh.*
*Meine Beine tun in den Knochen weh.*
*Ich kann nur noch stehen, Mama,*
*nicht laufen.*
*Nicht liegen.*

*Ich lüge nicht.*
*Luke Skywalker will, dass ich*
*die ganze Nacht wach bleibe.*

*Plesiosaurus,*
*Plesiosaurus,*
*dormez-vous?*
*Dormez-vous?*

*Kann jetzt nicht kommen.*
*Bin eingeschlafen.*

*Die Menschen sind alle Gespenster.*
Leise sprichst du, aufgeraut
von deinem Traum,
das Köpfchen blass an der Wand.

Ich kriege es nicht mehr zusammen.
Wie tröstet man, selbst schlaflos seit Jahren,
an einem Bettrand im April?
Nichts Besseres fällt mir ein,

als dich wieder zuzudecken
und das Fenster aufzumachen für den Regen,
er besingt die Nacht als Leere,
die es auszuhalten gilt.

Die Gespenster warn bestimmt nicht wir.
Die Gespenster warn bestimmt bloß andere.
Wurzellos, selbst voller Angst,
verbunden mit allem, was uns geschieht.

*Kommen wieder gute Träume?* Ja.
Atem kriecht in meine Hand.
Kein Arm misst die lange Erwartung.
Dein dunkles Haar lebt.

*Lachender Stern.*
*Trauriger Stern.*
*Sonne, die sich ausruht.*
*Müder Mond.*
*Hungriger Himmel.*

*Jetzt du.*

Hier leben zwischen Autobahn und See.
Hier gehen unter
den weiten Überlandleitungen,
hinein in einen Tag aus Routine und Job.

Das knisternde Salzkraut, Nebelkrähen,
ein Hirschgeweih am Carportdach.
Zu müde, um alles, was sich
im Gedicht verwenden ließe, heimzutragen.

Das Bemühen. Diese Anstrengung,
jeden Moment neu aufzuwachen —
wofür?

Den Wald einfach so stehenlassen.
Den Weg einfach so gehen.
Jemandem schreiben und kein besonderes Gefühl
beim Verlassen der Zeilen haben.

Zu glauben, man wüsste,
was die Mädchen besprechen
auf der Bank unterm Mond.

Zu glauben an den Neubeginn
im Barnim, umringt von Birken,
ihren eingeritzten Rinden.

Zu glauben an die Flügelsamen
und an das Harz,
das zäh aus Initialen rinnt.

Der flache Atem eines Frühlingstags.
Die Renaissance der Ackerbäume.

Dazwischen Schafe
wie Fragen,
auf die das Gras eine Antwort weiß.

Wartend auf dich
betrachte ich
die Verzahnung von Wegerich und Weg,

die vorläufige Trennung
von Wald und Feld.

Wie oft schon hat es sich durchgespielt:
Der Mond über den Nahtstreifen der Gleise
weiß uns nichts mehr mitzuteilen,
ratlos angesichts der Umläufe
unseres Schweigens.

Auch wir, wie Waldameisen
und die Wanderkirche mit dem verbretterten Turm,
sind das Ergebnis der letzten Eiszeit.

Doch zu sehen,
dass niemand sich umdreht und geht,
ist das Zeichen genug?

Das möchte ich fragen, in dein
Gesicht, das abwechselnd kalt und unklar ist,
damit du sagen kannst:
Die Hand hier. Lärchen. Zunehmendes Licht.
Nur eine Phase.
Eine Phase, mehr nicht.

Gestern vorm Haus auf der Bank,
rauchtest du, als wünschtest du etwas zurück.

Ab und zu zuckte ein Fledertier
durch die kaum hörbare Luft,
und hinter den schwarzen Füßen des Zauns
weinte jemand ins Telefon.

Man kann mit sich leben,
mehr nicht, dachte ich, zwischen uns Wände
und Glas.
Ich sah,

die Nacht gehörte ganz dir:
der Brombeerstrauch, der Wildschweinschaden,
das Haus, der See, das alles.

Mit präludierender Geste:
Wir müssen reden.

Das übergehende Auge
des Sees.
Wir können es sehen.

Wenn alle Worte
gefallen sein werden.

Die glänzenden Käfer,
die kämpfenden Wurzeln.

Füße in Furten, fortwährend
Seichtes in Tiefem.

Als ob jemand atmete und schliefe
da unten,
Arme schwer wie das Meer.

Wem, Sängerkreis der Kröten,
macht ihr euer Lied zu eigen?
Einem gelben Frauenschuh,
gelisteten Arten,
dem Kind, das nicht glaubt,
einmal groß zu werden?

Der älteren Zeit vielleicht,
den Ufern, geformt von Eis?
Als noch niemand hier ging, sagte:
Endmoräne, Urstromtal,
hier bin ich und alles was war.

Was besingst du, Krötenschar?
Den Schlehenzweig, den Biberdamm,
den Wetzstein eines Wird-schon-wieder?
Das Silberhaar der alten Schafe,
den Hohlblock dieser Dämmerung?

Ich ging mit einer Biene pflügen,
ließ dich glauben an den Frühling.

Ließ dich glauben an die Schönheit
dieser Wiesen, dieses Dorfs,

an die Lieder, tags erfunden,
in der Nacht wieder vergessen.

Gab es Besseres als diese Blüten,
deren Duft dir nachkam auf den Steg,

die wärmenden Gesten des Sees,
als hätte er sie sich für uns überlegt,

den ganzen langen Winter lang
für den kurzen Glanz in deinen Augen.

Wir werden etwas arrangieren
für die tote Hummel auf dem Wäscheberg.

Werden sie ans Wasser bringen
und fünf Blüten für sie fallen lassen.

Dann ein Boot aus Birkenrinde für sie finden,
das wir versehen mit
einem Kieselstein, einem Schlehenzweig,
meinem silbernsten Haar.

Für ihre große Überfahrt
werd ich das Totenlied der Hummeln singen.
Sanft wird Wind ans Ufer treten.

Und aus der letzten Berührung
von Hummel und Hand
wird ein weißer Himmel entstehen,
eine weiße Sonne, weiße Felder und Wiesen.

Aus ihnen werden neue Hummeln steigen,
Staaten, Sommer
voller Hummeln.

Überlandleitungen.
Sorgenfalten des Himmels.

Wie Eltern, die ihre Kinder anstarren,
jahrelang, und dann nichts sagen als:
Ab hier schafft ihr es allein.

Deine ausgestopften
kleinen Schuhe.

Nun kommst auch du
mit Stofftier unterm Arm ans Fenster.
*Wann fahren wir wieder nach Hause?*
*Und wie sieht es da nochmal aus?*

Zweige tasten ins Dämmern.
Die leuchtenden Hälse der Tauben.
Gäben die Welt, dir zu versichern:
Wie es war, so wird es wieder.

Wenn es dir schlecht geht,
geht es immer auch der Sonne schlecht,
dem Flieder und den Brombeerhecken,
dem Rotmilan, den Regenmänteln
und dem Gras.
Den Schnecken
und dem Gewächshaus der Nachbarn,

das wie du
nichts ahnt vom Sommer,
der eine Hand nach links und
die andere nach rechts ausstreckt.

*Papa rar.*
*Papa rar.*
*Papa rar.*
*Papa rar.*
*Papa rar.*

*Papa da?*

*Papa*

*JAAA!*

Fünf Finger an jeder Hand.
Beide Schulterblätter leuchten.
Als könnte man näher herankommen an etwas,
schreibend,
während drei Meter weiter Haar leise wächst.

*Ich fühle mich klein wie die Welt.*
Deine im Türspalt gesprochenen Worte
ziehen noch durch den Flur.

Muss man, wie Born sagt, bescheidener werden,
es dabei belassen im Zimmer zu stehen,
dem Atem zu folgen, wie er dich hebt und
senkt und …

Nur zwei Dinge zählen:
Das, was unmöglich bleibt, und das, was da ist.
Und während ich denke: Mag wahr sein,
und während ich denke: So wahr ist es nicht,

gähnt vielleicht jemand
oder glaubt an mich.
Als wäre die Arbeit damit getan.

Dies: Mein Gedicht.
Ein kurzes Gedicht.
Es wirft den Stift zu Boden.
Weil du drüben
nicht glücklich bist.
Weil Liebe ist,
was mehr als Liebe ist.

In dieser See- und Holzhauslandschaft,
in dieser nachgeschobenen Sonne,
weit genug enfernt von
Virusfallnestern
und Rückkehrerflügen,
singst du das traurigste Lied:
*Wo ist ein Freund, ein Freund?*
*Der Stuhl ist mein Freund,*
*der Stuhl* ……

Ich denke das im Weitergehen:
Dass man beten sollte für die Rehe,
die auf Birkentotholz liegen.
Vögel lesen, Namen lernen:
Königsröhrling, Rotmilan —

(Einmal, als ich dreizehn war,
warf ich eine Flasche in den Wald,
ohne Schimmer von Verrottungszeiten
und von schattenreichen Gesten.
Ich hatte schlichtweg nichts zu tun
und war verliebt, egal.)

Im Weitergehen denk ich:
Und ab jetzt bei Farnen sein,
handwarmen Farnen,
ihren fossilen Versprechen.
Dass nichts blühen muss
zum Fortbestehen.

Aufführung des Grüns
nach allen Seiten.
Die Truppenparade der Tannen.

Der Tag nimmt sie ab.
Vorgartenfahnen im Wind.

Eine Amsel schießt hoch,
im Himmel zu klagen.
Alle Wolken laufen über.

Kiefernstapel, Holzfassaden.
Hinterm windschiefen Tor
gräbt der Alte seinen Fang vom Morgen,
kleine Saiblinge, Barben,
»damit sie größere Früchte tragen«,
ins Pflanzloch der Tomaten.

Während der Hund um den Spaltklotz zieht,
Runden dreht im Flackern der Außenleuchte.
Dann dasteht wie ein taumelnder Köder
für das letzte Kommando des Tags.

Ich meine dieses gewisse Aufgehen.
Wie wilder Lavendel im Mai.
Meine Pläne, die so
garantiert nicht ...

*

Weißt schon —
man sagt: dieser Text ist dies oder das,
aber was er will, ist:

ein Zweig z. B., der
nichts verlangt. Nicht, dass man ihn deplatziere,
ihm ein anderes Licht gebe, Wasser.

Man sagt: dieser Zweig ist dies oder das.
Einsamer Pfad, der sich geradlinig fortsetzt.
Durch Sandflächen, heiß, kein Löschteich in Sicht.
Man stelle sich vor:
Der Himmel darüber ist
Pflicht —

*

Erde.
Ein Vogelkopf wippt und kriegt
in der Rückwärtsbewegung
das Bild zum Stehen.

*

Ich hingegen. Träume.
Ferngläser, Verastetes,

Vogelkundler in Tarnkleidung:
I am a Dreamer, I die for Gefieder,
I am a Dreamer inside a Deutsche.

*

Ich keuche, huste mich aus.
Will ablegen. Am liebsten mich ans Grün
anlehnen,
das bisschen Grün,
das es geschafft hat, sich hier auszuweinen.
Oder auszubreiten.

*

Mein Beifall. Auch für euch,
Stechmücken, Steckschwüle, Kübelschwanken.

Da standen sie, Strategien gegens Überborden,
die vom Sommer verschleppten Singspiele.

*

Aber andernorts —
wo meine Thoughts sich gabeln,
beweis ich mich als Mutter eines Morgens.
Eines Schwarms noch warmer Schmerzen.
Eines Monds, der still am Himmel zieht.

Seltsam, seit das Kind in meinen Armen liegt,
bin ich so was von beseelt.
Aus Liebe bin ich …
himmelnd, hastend, Habitat.

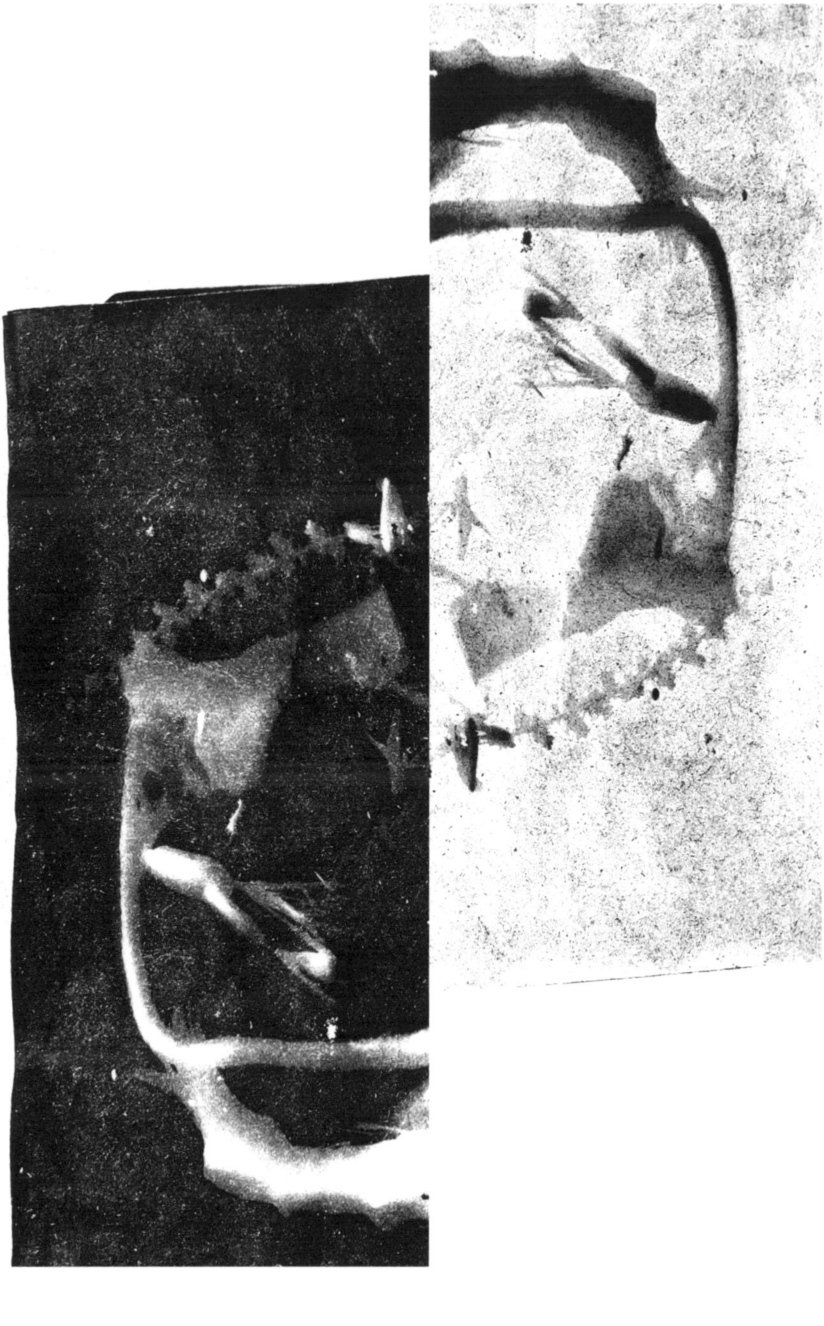

# II

## mit der Kälte zu gehen

Erstick die Blicke, die zu nahe gehn. Lass lieber
feig sie jetzt den Zweig abwandern,
auf dem der Spatz sitzt,
aufgeplustert, grau und laut. Und schau,
nun wunderbar zu einem Flug anhebt
— fort, fort.

Ich hoffte mich vielmehr im Grünen.
Nicht hier,
wo unaussprechlich es nun blüht
aus einer Ratte.
Da lag doch gestern noch

ein Rad, so skelettiert von vielen,
in den Busch geworfen,
achtlos, ach, auch du weißt,
Darling, dass man jetzt nicht hinsehn darf

auf Pavanen am Kotti,
kurz Hand in Hand
die Junkies mit Dealern,
wackliger Schreittanz,
Pisse, Gewühl,

auf die Kanülen vorm TEKA Fish House,
wo Leuchtschrift aus
der Fassung stürzt.

Verbaute Plätze, vertraute Tage.
Ein Flaum aus Wolken
über der Allee.

Und die Kids, im Rauschen
der Diskurse,
tragen Taschen schwarz und quer.

Tragen die verlorenen
Sonnen der Eltern.
Schlagen ein auf
die verwaiste Tanke,

in den Hallraum der Krähen,
die so lange
schreien, bis sie sich
als Krähen verstehen.

Hoodie mit Kind.
Fuffi im Wind.

Scharfe Schritte.
Erase, Reprint.

Es paradiert
das Elend.
Steckt keine Häuser
in Brand.

Auch die Läden
stehn genauso da
wie gestern.

O wundervoller Morgen.

Wie betäubte Tiere lagen sie
auf dem Streifen Gras
zwischen den Straßen.

Der Mann vom Amt für Grünes
mähte sanft, in engen Kurven
um sie herum.

Wer sie wohl später deuten wird,
die Konturen tiefen Rauschs,
diese Großstadtgeoglyphen,
aus dem Altbaufenster
oder All.

Das dachte ich,
obwohl ich wusste,
dass das Bild
so weit nicht reicht.

Die ersten Kohlen in den alten Öfen
brennen ab.
In den Etagen über dir,

wie jeden Montag, Mittwoch oder Sonntag,
das unheilbare Heulen des Hundes,
die Schritte der Mutter, immerfort
zwischen den Zimmern,
den Kindern.

Ob sie noch nie klein und still
zurückgesehen hat?
Stadt,
in der Rauch gen Himmel steigt,
wie alle im Bemühen, nichts zu zeigen.

Was du beinah dein Zuhause nanntest,
was ist es jetzt?

Du schiebst das magere Glutbett zurecht.
Fürchtest Partikel
ohne Kopf und Flügel,

das Abzugsrohr, das Atem holt,
den Hund, der abbricht,
ein, drei Mal.

Körper von Kälte zusammengelegt.
Davor ein weinendes Kind.
Ein schweigender Vater.

Als könnte man ihnen
den Winter glauben.
Als wäre wahr, was man sieht,

wie's nicht ist. Wenn es dämmert,
gehen die meisten
Blätter in harten Wolken auf.

Die Möwen vom Landwehrkanal drehen ab.
Nichts, was heute verschlossener scheint
als dieser Schwarm Vögel
überm erschöpften Schnee.

Später, halb schlafend, markiert
ein dreibeiniger Hund den Punkt
äußersten Mitgefühls.

Der beschloss, dir zu folgen,
mit der Kälte zu gehn.

*

Unter den Nestern des Vorjahres
Sperrdraht.
Was du nicht alles gesagt hast.

*

Verzweiflung gleicht
Schlitten auf Rollsplit.

*

Der Hund scheint durch
das weiße Fell.
Seine Angst, sonst näher an deiner,
die Spuren darin und
im Körper des Schnees.

*

Spreekanal, abends.
Der Mond, der sich hochzieht —
und weiter?

Unter den Pfeilern der Herkulesbrücke:
ein Seufzer aus dem Bauch
einer Flasche.
Reglose Mutter an ratlosem Kind.

Schwäne daneben.
Nisten im Müll. Sprechen nicht mehr
vom Märchen.

Sollte ich den Kiez malen,
wählte ich Taupe und zwei Spritzer Blau.
Betrunkene vorm Protzbau,
Tauben gespiegelt im Wasserglas,
Kippensammler auf dem Gleis.
Und unter den Sohlen das Archiv
des rostenden Ahorns.

Könnt ich Weiteres zeichnen,
Hausrat unwirsch gestapelt im Hof,
die Frau mit neun Taschen,
stolpernde Vögel
und Kinder
lachen sie aus.

Wo du das Kinn senkst,
wie viel Anmut gibts dort,
wie viel Armut,
wo du die Tür schließt.

Ein am Bordstein abgestellter Audi brennt.
Flaneure staunen.
Entmietete applaudieren.
Und in Textnachrichten
wird, hurra,
ein Parkplatz frei.

Das Kind, derweil, steht auf
der Fensterbank und winkt,
die Augen stochern
in der Glut von Sitzbezügen.

Der Wagen war bestimmt
schon alt, lüg ich.
Der Lack wirft Falten.

Auf den Anflug von Leichtmut
waren Strafen ausgesetzt.

Touris türmten
ihren Unrat vor Fenstern und
Trübsal fraß sich durch
Straßen wie fehlgeleiteter Strom.

Irgendwer unterzeichnete
die blauen müden Lider
der Hiergebliebenen.

Ein großes B,
das für »bedürftig« stand.

Aber niemand kam und sagte:
Mein Gesicht würde dir gefallen.
Es ist aus Zement.
Es schmeckt nach zu Hause.

Die Phantasmen der Freundschaft, der Monster,
die die Sache vergeigen.

*Hey, tut mir leid, ich schaffs heute nicht.*

Nur eine kleine Verletzung, nicht der Rede wert.
Ich esse mein Essen.
Du isst deins.

Und seh ich all die rasch getippten Fast-Wahrheiten
als eine einzige fünf Jahre lange Zeile,
so seh ich sie als eine Schleife,
endlos
bis zur Langeweile.

Mein Spektakel war dem Ufer einerlei.
Die Lichter blinkten weiter albern.
Wolken zogen ausdruckslos vorbei.

Mein Kopf mal Marterholz, mal leichter Korken,
das Wasser scheinheilig und fahl.

Ich wusste nicht, wohin es ging
und so —
wie war es möglich,
dass es dennoch tröstlich schien?

Trieb auf der Spree
als eine Art Bateau,

langsam und glanzlos verschwand ich
im uralten Rücken der Sonne.

Die Stadt klebt uns am Körper.
Wir beten.
Mach, dass alles gut wird

durch den Regen,
durch die Graupel,
durch den Hagel,
einen Downburst
unsretwegen.
Dass wir uns nicht
ergeben.

Kirchhof Dreifaltigkeit II.
Der Gusseiserne schweigt.
Das Kind beißt in sein Kaktuseis.
Zwei Parzellen weiter
versucht sich eine in Asanas.
Neben ihren zerstreuten Gliedern
der alte Ahorn, Pseudoplatanus,
zieht Zweige ein.

Kind, bleib weg von den Bäumen.
Meide die Wege
abseits der Säumung aus Stein.
Der Kiez würgt dort,
wo er blüht, doch am meisten.

Fiele jetzt ein Satz vom Himmel
vor deine Füße im Schatten
der alten Bruchweide,
wo eben die Sonne angewankt kommt
über die Neubauten,

es würde doch nichts ändern:
Wenig von dem zählt, was hier steht,
nur das, was sich danach in
deinem Kopf wiederholt als
ständige Abfolge von zehntausend Dingen.

Dinge, die du nicht in der Hand hast,
die als Worte ins Stocken geraten,
als Bilder,
und zurückkehren an den Ort,
wo auch dieser Satz nichts gilt.

Die Dinge halten den Mund,
auch wenn es hagelt und
dein Kopf drei Beulen kriegt —
der Hagel bleibt ganz ruhig.

Nimm den Baustaub
als Beweis.

Wo wir bleiben,
können wir nicht sehen.

Doch wir können
unsre Mappen schließen

ein ums andere Mal —
im Rücken des Maklers

wachsen Dielen
bis zur verriegelten Tür.

Für die Ratten der Stadt ein Problem:
Regen. Heute
fünfmal vom Himmel gefallen.
Schaut man alles von Nahem an,
verschwinden die Zahlen.

Du liegst auf rechtwinkligem Platz,
dein müder Körper drückt den Kalk aus Beton.
Bahnen schleifen über Brücken.
Im Himmel kartoffelförmige Monde.
Ein Rabe mit Schrauben im Schnabel.

Von Weitem hörst du dich sagen:
Es gibt eine Klarheit, die verstört.
Was einmal den Himmel verließ,
kehrt sicher nicht dorthin zurück.

Fast wahnsinnig
hast du es damals versucht;
die Sonne aus ihrem Versteck zu treiben,
in Gebiete zu locken, die sie sonst mied.

Zu wenig von dir
zwischen diesen Fassaden, sagtest du.
Doch kann ich meinen Schatten werfen,
härter, ein ums andere Mal.

Dann gingst du nach Hause.
Metall knallte aufs Bahnhofsdach.
Scherben fielen um dich her
und Sterne aus ihren Verbänden.

Wir haben uns längst arrangiert.
Die Pulse meistens im Griff.
Nur selten noch
ein Zucken um den Mund.
Zum Beispiel,
wenn der Schlafende vom Südstern
noch genauso daliegt
wie seit Tagen,
wenn wir ihm ein paar Münzen
vor den Schlafsack legen.

Lass das Restgeld im Automaten,
die Bänke den Armen.

Alt sind sie wie die Tauben vorm Schacht
mit ihren stillgelegten Flügeln.

Wir fahren warm durch kalte Nacht.
Bisweilen ein Halten
oder die Faust als Beweis —

Geht weiter in Kürze. Geht weiter.
Mein Herz. Nah an den Gleisen
der Gneisenaustraße hörte man es,
wenn es still wäre, sagen:

Ich schlage nicht,
es schlägt von allein.

Hier kannst du warten, bis Kälte an dir hochwächst,
dem stumpfen Atem der Zahlen folgen,
Distanz halten, bis das Versprochene sich einlöst,
quietschende Gelenke im Metall.

Wie überall steht ein Tourist in falscher Haltung am Gleis,
verflucht die U-Bahn, fährt in sich rein.
Dann doch: platzendes Licht, sich öffnende Türen.
Wir setzen uns gegen die Müdigkeit.

Drei Stockwerke Wolken. Spuren von Haaren
auf Fenstern. Fahrlässig folgen die Häuser
den Bäumen, die Bäume den Straßen.
Das Geheimnis für sich bewahren:
Den Augen hilft man, indem man sie schließt.

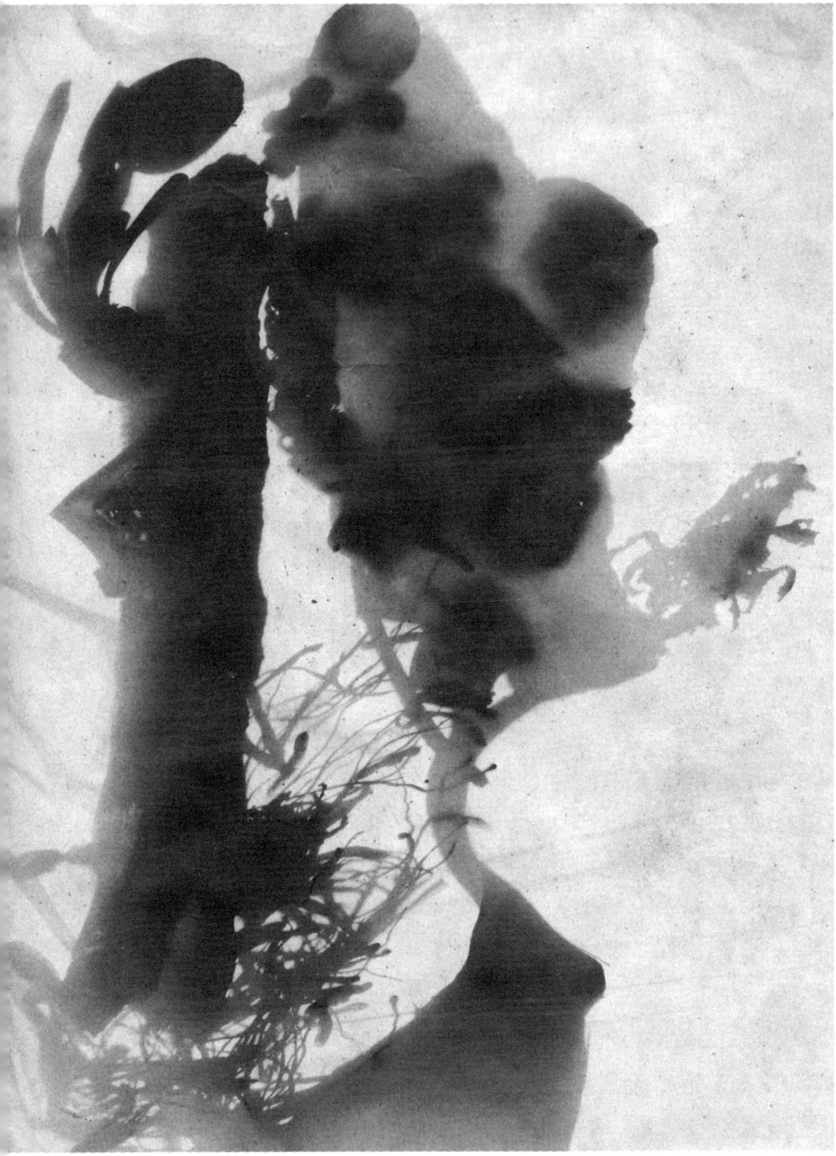

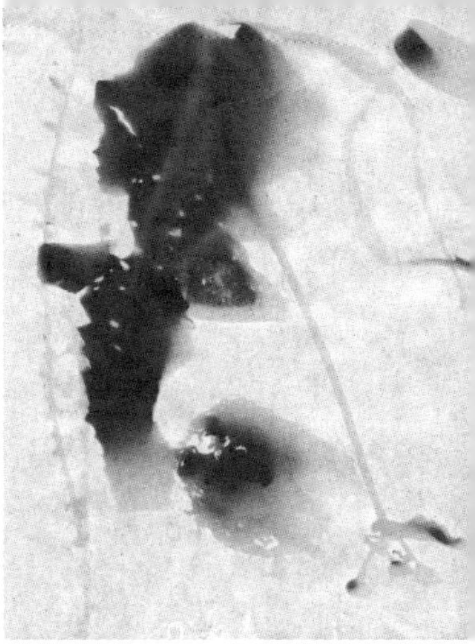

# III

## hineinfinden, weiter

Vor dem Gesetz sind wir Fahrende.
Wir wachen auf und nehmen uns vor, etwas zu sehen.
Und obwohl wir wissen, dass überall genug Etwas ist,
waschen wir die Campingbecher aus,
verteilen Pflanzen im Nachbargarten.
Packen unsere Taschen.

Wir tun es im Namen vorauseilender Städte,
des Benzinpreises und der heiligen Abblendlichter.
Und für einen Moment bin ich die Frau, die dreimal
nach der Sonne schaut, eine Hand an der Stirn,
um zu prüfen, ob sie auch wirklich an ist.

Flugzeuge kreuzen. Kranarme greifen ins Blaue.
Ich salutiere einer fixen Idee: Es gibt hier
einen kleinen Vogel, der dich so lang verfolgt,
bis er dein Geheimnis kennt.
Wir wollen ihn sehen.
Wir brauchen den Ort.

# Es ist kein Geheimnis. Etwas ist hinter uns her.

Ein Sonnenauge.
Ein Mondauge.
Wolkenflügel im Sturz.

Ich meine, dass wir zu auffällig sind.
Zu auffällig in unsrem Wagen,
zu aufdringlich in unsrem Fortschritt.

Manchmal denke ich,
der Vogel wird kommen,
uns aufpicken und in sein
funkelndes Nest verbauen.
Sodass wir fortan leben werden
mit der kakophonischen Ankündigung
der großen Untergangsshow.

Und obwohl die Zeiten
auf Hunger stehen,
wir bekommen nichts runter.
Das Dach klemmt,
der Mond klemmt
wie dein Blick, wenn er
heimlich verschwindet.

Hoffnung. Längste Straße der Welt.
Ich feile an einer Karte fürs Verlorengehen.

Wünsche mir ein geglücktes Bild.
Eine Geschichte, an deren Ende wir wichtig sind.
Oder richtig?

Da ist das Gras verlassener Landebahnen.
Ein dunkles Grau, das die Pilotenkinder hassen.
Ich denke nach über eine geheime

Ordnung der Pausen in Brachen, Gesprächen,
über die Unordnung unseres Sehens,
das letzte Geräusch vorm beginnenden Regen.

Ich denke an all unsre lächerlichen
Versuche, anhand einer Ahnung
die Zeit zu berechnen, anhand
dessen, was fehlt.

Ignorierten den Brutbau, die Leitungsarbeiten,
gescharrte Mulden im Gras.
Doch plötzlich
da:
Der Alte und sein Hund und eine ausgefranste Leine,
die beider Einsamkeit zu einer werden ließ.

Wer steht alles dort, jenseits der Bilder
mit Stirnen an Wänden, sich selbst vergessend
zwischen Gattern
und Gebirgen?

Selbst wenn du nickst, es ist nicht wahr.
Kein Schnee, dafür Tarnung, Haar, Restrisiko.
Sich in die Fußspuren eines Fotos begeben,
heißt:
damit leben. Oder dran kratzen, bis
etwas zum Vorschein kommt.

Ich gebe zu, ich übe mich.
Dies hier, begehrte Begrenztheit, bin ich.
Ein leichtes Vergehen. Als müsste man
jeden Moment das Universum ausfüllen,
dabei bloß Biegung eines Knies sein wollen,
einer linken Hand, die sucht.

Dort steht man, harrt aus, korrigiert sich,
bis man sich ähnlich wird, bis man
sich selbst nicht mehr erkennt.
In sein eigenes Gesicht hinabzusteigen,
sich ins Auge zu kommen wie eine falsche Erscheinung —

Und es genügt nicht, dass man einen Riss macht:
Dies, mein abgewogenes Geben, mein Lächeln
nach den Blitzen,
irgendwas, das man doch sagen
wollte
und nicht konnte.

Noch immer im selben Hotel.
Luftbefeuchter, nasse Haare.
Wieder siehst du so an mir vorbei, als wolltest du
nie weiter sehen
als durch ein Fenster in ein anderes.

Dahinter Leben, vermutlich. Vorlieben. Unwesen.
Wäsche, Töpfe, Fiebersätze.

Es wird hell, als ich dich frage:
Wohin mit der Idee von
einem Spalt, durch den wir
Zugang erhalten, wohin
mit der Zunge des Vogels, dem Rot,
der Schräglage,
in der es uns folgt?

Es scheint, als lägen wir ruhig im Raum.
Aber in Wahrheit zittern wir.
An Stellen,
die wir nicht kennen.

Und niemand kommt herein.
Legt seine Jacke ab und geht
als kühler Wind durchs Zimmer.

Alles ist hier, auch die Zukunft.
Strahlen durchschneiden ein Haus,
Bäume platzieren ein kaltes Tier am Asphalt.

Bald werden wir auf einer Kreuzung stehen
und nicht zu heulen anfangen.
Aber was dann?

Es heißt hineinfinden, weiter,
in Straßennetze und geliehene Zimmer,
unter dieser einen Sonne, die jede Nacht
aus Liebe zu uns
ihre Besinnung verliert.

Schweigen heißt: Die Nacht
wird unsanft, zieht uns zurück.
Dann etwas, das zu uns spricht:
Kann alles anfangen
mit einem Wohin.
Kann alles aufhören damit.

Die radikale Zärtlichkeit einer Nebenbemerkung.
Die Mathematik der Kreisverkehre,
darüber Leitungen und kleinste Lebewesen
in Regentropfen, der schnelle Herzschlag
fiebriger Vögel, das Ziehen im Rücken
vor jedem Sturm.

Ist dies hier wirklich unser Süden?
Sogar die Amseln
scheinen sich nur einzusingen.

Leicht zu verstehen sei es
und leicht auszuhalten, sagst du,
dass der Himmel alles in gleicher Weise bedeckt.

Ich suche inzwischen nach Möglichkeiten,
mich an der Himmelsdynamik zu rächen,
misstraue den Gleichnissen,
höre Schnabelwetzen über den Wegen.

Wege, von denen wir wissen, sie drehen sich
um die Verbindung einzelner Punkte,
ohne aber zu wissen,
was der Punkt eigentlich ist.

Wie oft fragen wir uns,
stellen wir uns den Fragen?

Zur Unfähigkeit zweier Herzen,
gleichzeitig am rechten Fleck zu sein.
Warum wir gemeinschaftlich
hier sind, im gedehnten Warten auf etwas.
Warum das Etwas so ungenau bleibt.

Etwas harkt Stille zusammen.
Etwas ist automatischer Mund.
Ständig spricht er von dem,
was so anfällt.
Vom tiefen Gesang
der Landfabriken, dem Boden
schweigsamer Siedlungen,
den blitzenden Augen
der Tiere, heimlich postiert
hinter Schutzplanken.

Die Bilder sind vor uns da.
Bilder von Straßen und fliegenden Samen.
Von Lippenblütlern, Leihwagen, Rastplätzen.
Von Früchten in knittrigen Tüten. Auch Bilder
von Krankenwagen, Amüsiervierteln,
Fehlbauten, Frühstücksräumen.
Von Vögeln an Gittern,
hundertäugig.
Bilder von Schildern, Schienen und
den blauen Flammen der Fabriken,
ihrem trägen Verschwinden
nach Werkschluss.
Berührungsbilder.
Bemühungsbilder.
Von uns unter elektrischen Uhren,
unter Standbildern.
Wie Bühnen, die Bilder.
Wie Birken.
Wie Blitze.

Kilometer wie Kristalle,
ausgeleuchtete Zeit.

Etwas rast scharf an uns vorbei.
An zweien, die ihrem Atem nachsehen, einem Teil
des großen Dilemmas,
beschlagene Scheiben, das Gestern, das

Jetzt —

flackern für einen Moment
die Scheinwerfer auf und man sieht ganz kurz
alle Scherben. Ich würde sie zeichnen.
Als sicheres Zeichen.
Wofür?

Rolltreppe am Strand.
Eine Mischung aus Säure
und Angst.
Dieses vorsichtige Warten auf

die Empfindung für das Leben
anderswo.
Haltbar und lang wie die
Küste.

Noch tut dein Gang,
als ginge es
ans Meer, ginge es immer
ans Meer.

Es ist kein Leuchten, aber immerhin
tröstlich. Die Straße ist tröstlich.
Der Abend ist tröstlich.
Die Kiefern sind tröstlich.

Und in Rückspiegeln sehen wir
Sterne aufgehen. Oder allgemein Körper,
denen der Lichtstoff eigen ist, brennende, glühende
Körper, leuchtende Insekten, faules Holz, etc.

Wir dagegen, wenn wir
selbst leuchten wollen?

Jemand hat dem Zaun etwas angehängt,
einen Rüden, einen Blumenkübel,
ein Schild mit der Aufschrift: Hier nicht.
Gestapelte Stühle.
Das Geräusch kurzer Schritte.
Die Tiefe des Wassers vom Rand her gehört.
Ist das hier Ausweg oder Zuhause?
Du sagst nichts.
Uns gegenüber
gleichgültig wachsen die Farne.

## I
## und ab jetzt bei Farnen sein

## II
## mit der Kälte zu gehen

## III
## hineinfinden, weiter

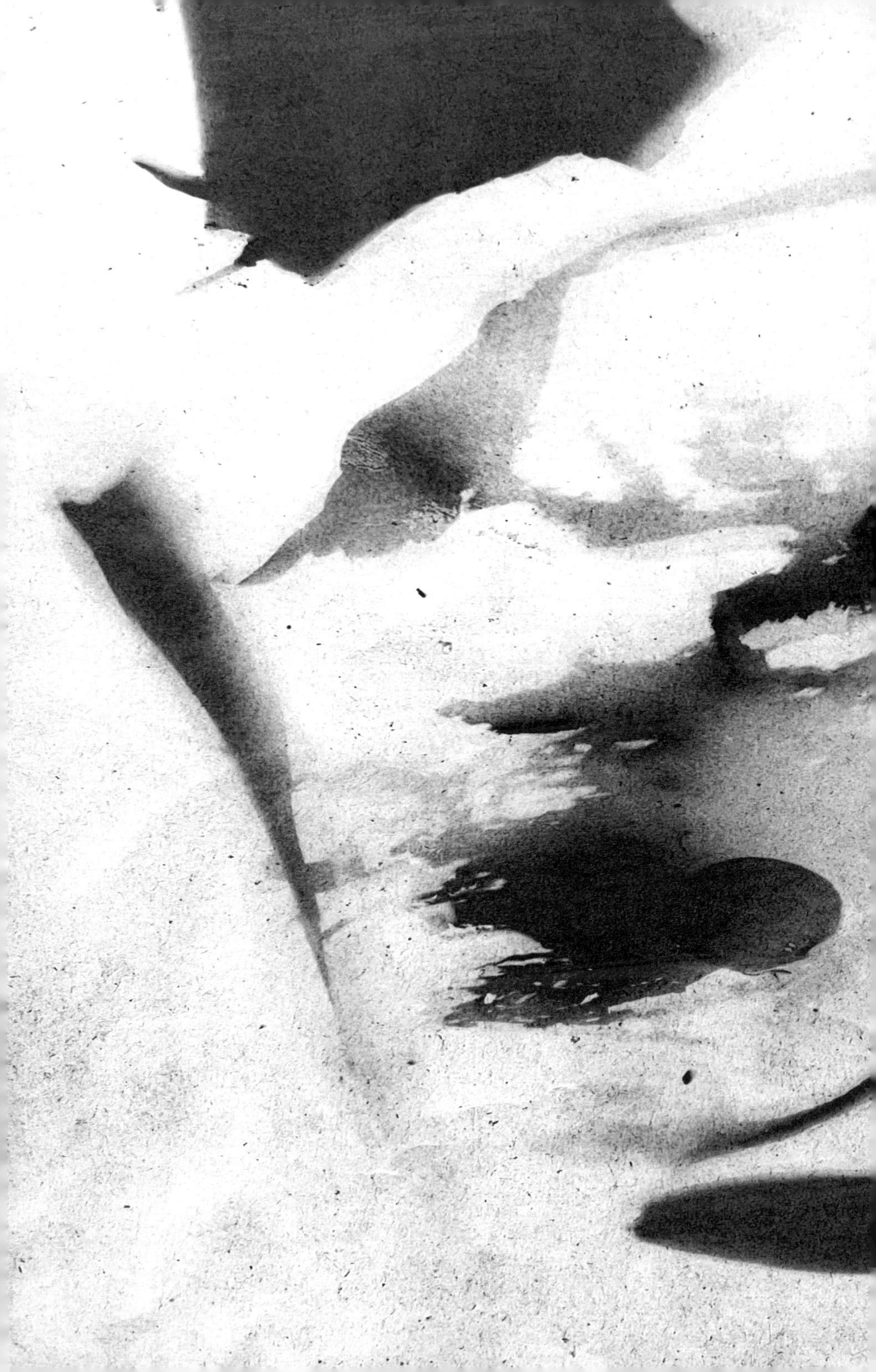

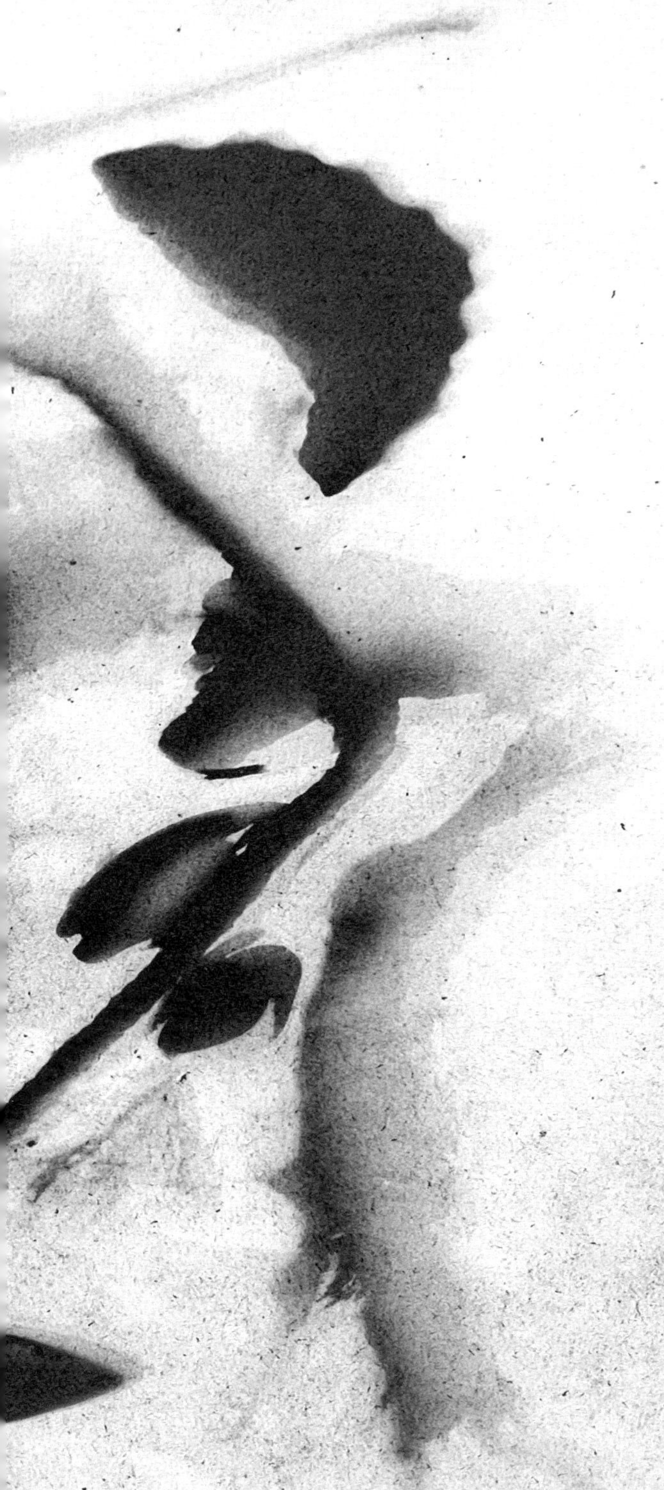

Die Autorin dankt dem Deutschen Literaturfonds, dem Stipendienprogramm der VG Wort in NEUSTART KULTUR und dem Stipendien-Sonderprogramm der Berliner Senatsverwaltung für Kultur und Europa für die Unterstützung ihrer Arbeit.

Deutscher Literaturfonds

NEU START KULTUR

gvl

Außerdem dankt sie ihrem Sohn Junis für einige der besten Zeilen dieses Bands.

Bisher sind bei Voland & Quist von Lydia Daher folgende Titel erschienen:

**Kein Tamtam für diesen Tag**
ISBN: 978-3938424261

**Insgesamt so, diese Welt**
ISBN: 978-3-863910051

**Und auch nun, gegenüber dem Ganzen – dies. 101 Collagen**
ISBN: 978-3-863910624


Berlin und Dresden 2024
Lektorat: Karin Fellner, Helge Pfannenschmidt
Gestaltung und Satz: Kraft plus Wiechmann
Fotogramme: Vincent Kraft, Frauke Wiechmann
Druck und Bindung: Balto Print, Vilnius
ISBN: 978-3-942375-71-9
www.edition-azur.de